Colette Picart-Tintrelin

Confluences
ou
Les sœurs retrouvées

Dieu a donné une sœur au souvenir, et il l'a appelée
espérance. (Michel-Ange)

Lettre à Paule

A mes enfants et petits-enfants

Couverture imaginée et réalisée par Émilie Tintrelin

Introduction

Ma sœur retrouvée, ma Paule, ton irruption dans ma vie m'a drossée sur une côte inconnue où j'ai trouvé bouffées de tendresse et chemin d'espérance. Plongées dans une douce béatitude nous commençons à partager nos souvenirs.

J'attends beaucoup de la poursuite de ces échanges, Paule. Ta présence à mes côtés m'a transmutée en sirène. Je glisse maintenant au fond de l'océan, bercée par les chants de notre tribu Picart qui résonnent au milieu des clapotis d'amour de ma petite sœur. Tes révélations sur notre père et de ce qu'il a pu transmettre m'ont mise sur une piste lumineuse. Tu m'as libérée des filets qui m'emprisonnaient.

Un nouvel espoir m'est né, tu as soulevé un coin du voile de mes origines, et j'ai entrepris l'essentielle quête de moi-même. Maintenant que grâce à toi je sais un peu d'où je viens, ma vie est éclairée, et je saisis mieux qui je suis.

La vie ne fût pas pour nous un long fleuve tranquille. Impétueux torrents, jaillis de nulle part, mais d'une source commune, nous avons mêlé nos flots à d'improbables eaux et dégringolé nos montagnes, charriant un limon ancestral qui nous a façonné et nourri. De nos fontaines originelles ont surgi deux affluents dont les fantastiques méandres se sont rejoints pour confluer. Les poissons ont fait des petits. Le lit du fleuve alluvionnaire est désormais bien établi. Joyeuses, délivrées de nos paternels écueils, nageoire contre nageoire, avec nos alevins, continuons fraternellement notre route jusqu'à la mer.

Prologue

Hélène et Geneviève, Josiane et Christine nos cousines, allaient par paires. Moi, j'avais bien un grand frère, mais, de treize ans mon aîné, il était plutôt un père pour moi. Alors, dans mes jeux d'enfants, je m'inventais souvent une petite sœur, sans imaginer une seconde que mon rêve allait se réaliser.

La disparition de mon mari, Jean-Baptiste, me plongea dans un profond état d'affliction et de solitude. C'est ainsi que m'est venue l'idée de rechercher cette demi-sœur dont l'existence m'avait été révélée lorsque j'avais dix ans, et que je savais avocate à Tarbes.

●●

J'avais très peur de cette démarche, mais mon copain Maurice m'y poussât. « Que risques-tu me répétait-t-il ? »

–Ce que je risque ?

–Un nouvel abandon.

Après quelques semaines de tergiversations, la peur au ventre, mais la tête dans un nuage d'espérance, je me mis à chercher à Tarbes, une certaine « Paule Picart ». Par chance, tu exerçais sous ton nom de jeune-fille et c'est donc facilement que je retrouvai tes coordonnées. Je jetai alors une lettre dans la boîte et quarante-huit heures plus tard, le téléphone sonna.

●●

–« Allo ! tu es ma grande sœur, Colette ? » Ces mots, bourrasque de vent d'autan fouettent mes oreilles, m'inondent d'affection, chassent à jamais mes idées noires, et me font plonger inexorablement dans le

torrent de l'écriture.

Chapitre 1

Conceptions hors normes

Pour autant que je sache, Paule, notre père a par trois fois engendré un enfant par inadvertance, par étourderie, par négligence, mais pas sans plaisir partagé.

A) Juillet 1932. Conception de Guy. La faute d'Ève.

Depuis plusieurs années, ma mère, surnommée Béo par sa sœur ainée, avait décidé d'entrer dans les ordres et son « directeur de conscience » lui avait conseillé un couvent de Clarisses-Colettines, ordre cloîtré particulièrement sévère, qui selon lui, correspondait bien à sa foi, à son mysticisme, et à sa soif d'absolu.

Nous sommes en 1932. Ce jour-là, Béo visite le couvent qu'elle doit en principe rejoindre dans les prochaines semaines. Mais, alors qu'elle s'attend à rencontrer des femmes épanouies et joyeuses de servir le Seigneur, elle trouve une communauté à l'esprit étriqué, observant des règles tatillonnes, dictées par une mère supérieure austère. Où est donc le souffle de l'Esprit-Saint s'interroge- t-elle ?

Béo est prise d'un sérieux doute quant à sa vocation. Ce couvent, est-ce bien sa vie ? Avant de sauter le pas, elle veut réfléchir encore, et c'est tout naturellement qu'elle décide d'aller passer quelques jours à Sainte-Marie-de-Gosse, au chalet Marie-Louise bâti par sa bonne-maman, Jeanne- Victoire, qu'elle a tant aimée. La maison est maintenant louée à son oncle Vincent, toujours joyeux, toujours une chanson à la bouche, marié à Julia, aussi gaie que lui, et qui, comme tu le verras Paule, est la pièce maitresse de notre existence.

Julia et Vincent l'accueillent à bras ouverts. Béo réfléchit.

Le chalet « Marie-Louise », construit par ma trisaïeule, Jeanne-Victoire Darranguisse, à Sainte-Marie de Gosse, premier « nid d'amour » de mes parents, où je vécus de 1948 à 1949.

••

A savoir : le village s'est d'abord appelé Sainte-Marie-de-l'oie. Lorsque l'Aquitaine fut conquise par les anglais, l'oie devint goose…

Et les anglais partis, Sainte Marie de Gosse. Donc, rien à voir avec un enfant.

••

–Paule, Comme tu ne connais pas ma famille maternelle, jette un coup d'œil à l'arbre généalogique que j'ai dessiné pour toi et réponds à ma devinette.

–Trouve pourquoi notre père et ma mère se sont rencontrés au chalet Marie-Louise où habitaient Vincent et Julia Darranguisse ?

–Comme je suis heureuse, Paule, de faire jouer ma petite sœur !

–Alors, tu ne sais pas ?

–Bien, je te donne la solution.

–Si tu regardes bien mon arbre, tu verras que notre grand-mère paternelle, Alexandrine, dont le prénom d'usage était Céleste, est la sœur de Julia, mariée à Vincent, l'oncle de ma maman.

Notre père et ma mère avaient-ils des chances de se rencontrer ? Oui, puisque deux de leurs parents étaient mariés. Ma vie est ainsi faite de confluences, de conjonctures favorables, d'heureux hasards, de chances.

Et la tienne Paule ?

●●

Voilà donc Roger, 20 ans, paysan mal dégrossi, parlant patois, venu voir sa tante Julia, sœur de sa mère et femme de Vincent, face à Jeanne, nièce de Vincent, future nonne de 26 ans en pleine réflexion sur sa vocation, mais pour l'instant décidée à rester vierge.

Que se passe-t-il ? Un coup de foudre ?

« Le cœur a ses raisons que la raison ne connaît pas »

Et, ces deux-là, que tout oppose, qui semblent n'avoir aucun point commun, font un enfant ! Mais, qu'est-ce qu'elle a bien pu lui trouver ? me diras-tu, Paule.

Notre père, Paule, qui n'avait pas un corps de rêve, loin de là, était, comme notre grand-frère Guy d'ailleurs, un dragueur, un séducteur hors pair, et un bourreau des cœurs.

Je crois aussi que tomber amoureux fou en quelques secondes est une tendance dans la famille, qui va de pair avec notre hyperactivité.

-Qu'en penses-tu, Paule.

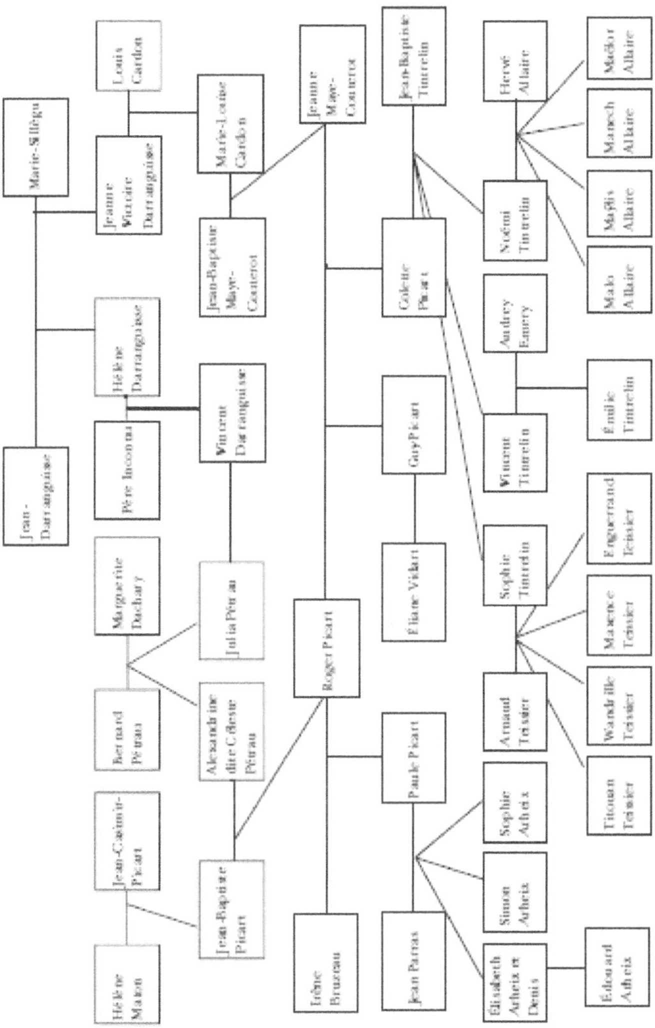

●●

Anguille sous roche, ma maman Béo et notre papa Roger partent vivre chez Marie-Louise, maman de Béo à Courbevoie. Béo reprend son travail, et Roger trouve tout de suite un emploi.

Marie-Louise accepte, apparemment sans barguigner, sa future nonne revenue des Landes avec un bébé dans le tiroir, et Jean-Baptiste, le père de Roger, organise le mariage puisque « quand on engrosse une fille, on l'épouse ». Les deux tourtereaux convolent en justes noces, à Bruyères, à Saint- Martin- de- Hinx, chez Céleste et Jean-Baptiste, nos grands- parents. Six mois plus tard, notre grand-frère, Guy, vient au monde.

●●

Que ma grand-mère, élevée dans un couvent où l'on prônait la chasteté avant le mariage. ait accepté, si aisément semble-t-il, ce bébé hors mariage n'est pas si étonnant. Elle-même avait été mariée de force à un de ses cousins qu'elle n'avait jamais aimé. » Nous étions comme le coucou et la pie » nous disait-t-elle. Intérieurement, elle devait remercier le ciel que sa fille se marie par amour. C'est ce qu'elle croyait en tous cas.

B) Juillet 1945. Dom Juan revient de guerre et opère un prodige.

Roger est rentré de guerre. Prisonnier en Tchécoslovaquie, il est revenu totalement débauché. La situation est humiliante, insupportable pour Béo.

●●

Résolue, lucide et courageuse, elle décide de quitter son mari, de demander une séparation de corps, et de rejoindre sa mère et sa sœur à Paris. Il fallait à cette époque une grande force d'âme pour s'engager dans cette voie, car les séparations vous mettaient au ban de la société. Un second tsunami ravage cette âme imprégnée de catholicisme. Quoi qu'il lui en coûte, elle va assumer son erreur de jeunesse et suivre son chemin avec une infaillible détermination. Voilà un trait de caractère que je partage avec ma maman. Je me reconnais bien dans cette attitude. Je cherche toujours ce que j'estime être bon pour moi, et ensuite une force intérieure m'oblige à poursuivre mon objectif, quelles que soient les difficultés et les embûches.

●●

Atteinte d'une douloureuse « maladie sexuellement transmissible », comme on dit maintenant, qui a grandement diminué sa fertilité, Béo a donc prévu de « monter à Paris », seule avec Guy. Avant de quitter Roger et les Pyrénées, elle décide de suivre une cure gynéco à Salies de Béarn, qui, espère-t-elle la soulagera de cette pénible affection.

●●

Notre père, réincarnation de Casanova, vient lui rendre visite. Aussi laid que le vénitien, aussi épris d'infidélité, passant comme lui de jupon en jupon, changeant de métier et de femmes comme de chemises, celles qu'il a épousées, même trompées, bafouées, ruinées par lui, n'ont jamais pu s'en passer, et maman succomba à la tentation.

Oui, Paule, ma mère, comme la tienne, avait notre père dans la peau. Malgré la vie infernale qu'il leur faisait mener, malgré ses infidélités, son instabilité, ses colères, il possédait cet irrésistible charme qui les faisait craquer.

La cure ne soulagea pas Béo, mais ce fût une fête foraine, un feu d'artifice, une tombola, où elle remporta le gros lot : MOI ! Trompes débouchées, voilà le miracle de ma naissance.

Chapitre 2

Naissances et Baptêmes

A) 1933. Naissance et baptême de Guy.

Guy, né à Courbevoie, y est baptisé. A-t-il été porté sur les fonts baptismaux par l'abbé Brugère, dont maman m'a toujours parlé avec admiration, comme d'un homme « dans le vent » qui proclamait :

–Vive le grand soir, place aux jeunes !

Il inventait des pièces de théâtre parsemées de chansons qu'il faisait interpréter par les filles du patronnage.

●●

J'entends encore maman, qui, lorsque nous étions ensemble, égrenait avec entrain les couplets endiablés écrits par l'abbé .Je les reprenais avec elle, et nous faisions trembler les murs de la cuisine. Toute ma vie j'ai continué à chanter. Cet amour du chant a été transmis à mon fils Vincent et la belle voix de maman à ma petite fille Émilie, ce qui me réjouit. Je ne sais si ce curé a tiré de l'histoire de sa fidèle un scénario ou un sermon pour mettre en garde les pures jeunes filles contre les tentations de la chair.

Je n'ai jamais su non plus si elle avait gardé un quelconque contact avec lui.

B) 1946. Naissance de Colette.

17 Mars 1946 -Naissance.

Route de Pau à Tarbes, appartement du poste d'essence. Il fait froid et gris.

Tu savais que j'étais née là, Paule ? Tu me raconteras le temps de mars à Tarbes puisque tu y vis. S'il te plaît, tu me le raconteras ? J'ai tellement besoin que l'on me rende les pièces perdues du puzzle de mon enfance.

●●

Maman « entre dans les douleurs » comme on dit. Son âme est couleur du temps. La sage- femme a été appelée ; elle prépare l'eau chaude et les serviettes. Madame Vauzelles, commère aux allures imposantes, m'attend de pied ferme.

Me voilà ! Je suis une fille. Soulagement de maman, c'est tout de même mieux qu'un garçon.

●●

La matrone me saisit et me lange, jambes bien serrées. Elle est contente de son travail. Je suis un beau bébé qui ne remue pas. C'est beau ce paquet, bien net. Elle explique à maman qu'il faut bien serrer les langes.

Ce qu'elle ne sait pas, c'est que cette façon d'envelopper les bébés peut favoriser les problèmes de hanche. Et voilà, j'ai eu mal aux hanches depuis l'âge de 25 ans, puis une arthrose à 70 ans.

Quant à ma fille Sophie qui avait sans doute le gène, elle a été langée en abduction, c'est à dire les jambes écartées, et ses hanches se sont développées normalement. Et toi, ma petite sœur as-tu les hanches fragiles ?

●●

Maman s'efforce de sourire : Elle me trouve très jolie, avec ma tignasse brune, déjà bouclée, comme mon papa. Mais elle a des crises d'angoisse. Que va-t-elle faire avec ce bébé quand elle débarquera seule à Paris avec ses deux enfants. Elle n'imagine pas que cette fillette sèmera sur son chemin de la poudre de rires, de tendresse et fera de savoureuses bêtises qui adouciront sa douloureuse solitude.

●●

Roger, celui- là, je ne sais pas s'il est dans la maison.

Maman m'a raconté beaucoup de choses, mais lui... absent du récit. Malheureusement, je crains bien qu'il y soit. Et pas tout seul !

Dès premiers échanges que nous avons eus, Paule, j'ai cru comprendre qu'il récidivait, qu'il reproduisait les mêmes indécences. Il y a sans doute une autre femme dans cette maison, une « femme à tout faire ».

●●

Maman a choisi mon prénom : ce sera Colette. Oui, Colette, car elle qui, chez les Colettines se serait appelée sœur Agnès- du- Cœur -de -Jésus, a toujours gardé en son âme une dévotion particulière pour cette sainte recluse qui a réformé les Clarisses.

Notre grand- frère Guy, est là. Adolescent catastrophé et lucide Il m'a baptisée « Mademoiselle de trop ».

Ce sobriquet n'est sans doute pas étranger à mon inextinguible, et impérieux besoin d'être aimée et au syndrome d'abandon dont je suis atteinte, qui peux m'amener à avoir des réactions d'une violence inouïe ou de ressentir un incommensurable chagrin si je me sens délaissée.

> *L'Amour est pour moi l'eau vive. Sans amour, je dépéris. Toute ma vie, j'ai eu besoin d'amour pour panser ma blessure, De temps à autre je ferme les yeux et je rêve. Je suis dans les bras de ma Tatie Julia. Je me laisse envahir par sa chaude affection. Elle me cajole en me murmurant des douceurs patoises. Comme c'est bon !*

●●

C) Baptème de Colette.

Maman me parlait beaucoup de la cérémonie de mon baptême et du vieux curé qui, en litanie, enchaînait les « Coletta, colettum, Colettorum ».

A la sortie de la messe, Jeannot, mon parrain, sans permis de conduire, emprunte la voiture de notre père. L'aventure, se termine dans un fossé, blessant Guy au crâne et à l'œil.

Tu sais, ma sœur, je suis certaine que ma clairvoyance et ma manie de me mêler de tout – pas toujours à bon escient d'ailleurs- m'a fait gazouiller de plus belle. Blottie dans les bras de ma maman, mortellement inquiète à la vue de son fils, mon devoir, mon rôle c'était de mettre une note de joie et d'optimisme dans cette assemblée qui ne nageait pas dans le bonheur. Alors, je gazouillais.

D) Juillet 1957. L'arrivée catastrophique d'une petite sœur.

Je suis avec maman chez notre grand-tante. Tu te souviens, Paule, celle qui tenait un café miteux dans les bas-fonds de Bayonne.

Soyons fières de notre famille !

J'ai passé dans le café de cet hôtel de passe de chaleureux moments, sans comprendre, du haut de mes 10 ans que ce lieu avait une destination spéciale. D'ailleurs, quelle importance!

Nous sommes donc chez « Nénette » Je suis bien, je bois une grenadine. C'est un luxe pour la petite fille que je suis J'ai atteint le Nirvana. Soudain, Nénette lance, guillerette : tu sais, Colette, tu as une petite sœur. Oui, ton père a eu un bébé.

Lancée pour me faire plaisir, cette annonce me glace, me révulse, me lève le cœur. Je me mets à sangloter.

●●

Pourquoi ces pleurs ? Je m'en souviens encore. Ce n'était pas de la tristesse, mais de la rage. Pourquoi étais-je jalouse de la naissance de ce bébé qui ne m'enlevait rien, en tout cas pas l'amour d'un père qui ne m'avait jamais témoigné la moindre affection. Était-ce sentiment d'impuissance de consoler ma maman que je croyais bafouée ? Ce qui était une belle erreur de jugement.

En tous cas, il est bien dommage que je n'aie jamais eu l'idée de demander à voir cette petite sœur. Je n'ai jamais eu non plus l'idée de réclamer mon père. Il ne me manquait pas. Pire, je craignais de le rencontrer : j'ai souvenir que, lorsque j'étais à la piscine, j'avais peur qu'il ne m'enlève. Idée incongrue : je ne crois pas l'avoir jamais vu à Paris.

●●

Quelques temps après, notre père demande le divorce.

Bien pour toi, Paule, (mais tu devras un jour m'expliquer tes traumatismes de « fille sans nom » dont je n'ai jamais eu écho).

Moi, je m'effondre. Je comprends que ma mère ne s'appellera plus comme moi ! Elle ne s'appellera plus Picart !

Je hurle. Je refuse la marque au fer rouge des filles de divorcés. Ne plus porter le même nom que ma mère c'est comme arborer l'étoile juive, exhiber une marque stigmatisante. Je sanglote. Maman a pitié de moi. Elle demande et obtient le droit de conserver son nom marital, à mon plus grand soulagement.

Chapitre 3

Confluences

J'aime beaucoup ce mot de confluences, et sa douce sonorité. Trouvailles, retrouvailles et heureux hasards ont jalonné ma vie. J'attends avec curiosité de découvrir celui que je vais croiser par hasard, rejoindre ou avec qui je vais retisser des liens.

A) 1986 : Première confluence : le recel des sœurs.

Je suis à l'enterrement de notre grand-père. Pour la première fois de ma vie je fais partie intégrante d'un cortège au milieu de ma famille paternelle. Tandis que je suis le cercueil, avec un grand respect, mais sans aucun chagrin, mon cœur se dilate d'une orgueilleuse joie.
Je suis une Picart et le monde entier, en tous cas tout Saint- Martin- de - Hinx, me voit là. J'ai une place dans une famille. Personne ne pourra plus me
mépriser. J'ai un père, devant moi dans la procession. Un ostensoir efface toutes mes humiliations, toutes mes hontes. Ce père c'est le mien, je le revendique. Je ne veux pas le partager et surtout pas qu'il soit présent pour une autre.

Tu te rends compte, Paule, toi aussi, tu es là ! c'est la première fois de nos vies que nous nous côtoyons, que nos eaux s'écoulent ensemble. Personne ne me dit que ma petite sœur est là. On me l'a cachée. J'en pleurerais !

Je suis moins en colère depuis que notre cousine germaine Geneviève, à qui j'exprimais ma rage, m'a expliqué que « dans notre famille, on ne présente pas. »

●●

Après la cérémonie, je vais chez Julia et Vincent, premiers témoins de la rencontre de ceux qui m'ont donné la vie, sans intention de la donner.

Notre père est là, il boit un verre. Je regarde ce père que je connais à peine, et je lui trouve une tête de bandit Corse. Cet être là, c'est mon géniteur ? je ne peux pas le croire. Il est gros, il ne se tient pas. C'est un « traouste », comme on dit chez nous. Je partage pourtant avec lui une langue et une terre. Je suis enchâssée dans ce pays. Mes tripes sont ici. Son pays est mon pays, et toute ma vie je pleurerai d'émotion à l'odeur de la pinède et à la vue du lac d'Hossegor.

Je ne sais même pas si notre père aimait notre Chalosse. Cela aussi, Paule, il faudra que tu me le dévoiles. Je l'ai entendu parler patois, mais, avait-il le goût du mot ?

Ce fameux jour d'enterrement, Je ne me souviens pas avoir vu une petite fille à côté de mon père. Toi, non plus, Paule, tu ne te souviens pas m'avoir vue.

Nous avons bien dû nous croiser ! Si tu n'es pas à ses côtés, où es-tu ? Réfléchis. essaie de te souvenir. Il est certain que je ne t'ai pas cherchée. Mémoire sélective. Extraire des tréfonds de mon âme le souvenir de ton existence, eût été une trop grande souffrance. Je ne le voulais pas, sans imaginer une seconde, que je perdais l'occasion inespérée de trouver là fraternelle tendresse.

> *Si nos enfants lisent un jour ces souvenirs ils seront sans doute incrédules, choqués, indignés. Il faut comprendre que le monde a bien changé. À cette époque Françoise Dolto ne nous avait pas encore dit l'importance d'un père qui s'occupe de vous.*
>
> *D'ailleurs dans le jugement de divorce de mes parents, Roger est condamné à payer une pension alimentaire (qu'il ne paiera jamais), mais pas question de garde d'enfant.*

●●

B) Janvier 1999 : Deuxième confluence. L'annonce de la mort de notre père.

Je reçois une lettre de Dédé, petit frère de notre père. « Ma chère Colette, je t'annonce que mon frère (ton père) est mort, le 31 décembre, écrasé par une voiture.

Cette parenthèse vaut son poids de cacahuètes, non ? Je ne sais pas, Paule comment tu as appris la nouvelle : il faudra que tu me le racontes. Nous avons toutes deux été confrontées à l'annonce de la mort de notre père : point de confluence. Mon eau n'a pas été troublée et a continué sa route dans le fleuve de ma vie. Et la tienne Paule ?

C) 31 juillet 2017 : Troisième confluence. La miraculeuse jonction des eaux.

Après avoir parlé par Skype avec moi, Paule, mon inespérée petite sœur, tu as décidé de venir me rencontrer à Kerjouanno.

Nous sommes le trente et un Juillet, et je suis bien triste aujourd'hui, deuxième anniversaire des funérailles de Jean-Baptiste. Mon cœur est empli de profonde tristesse. Je me secoue :

–ne t'attache pas aux dates !

–Jean-Baptiste ne te quitte jamais.

–il est à tes côtés, et se réjouit pour toi. Il t'aimait tant.

●●

Postée devant la maison, je t'attends, ma petite sœur.

Comme les vives eaux du Gave roulent leurs galets, tu coules vers moi. Nous voici proche du confluent. Nos torrents, nos vies vont se rejoindre, pour enfin se mêler.

Je vais te voir, te toucher, te respirer, te serrer dans mes bras.

●●

–Bon, Colette, ne t'emballe pas, retiens-toi, souffle. Les voilà. !

J'ai tellement peur ! je tremble de ne pas te plaire ! je crains tant que tu ne me tournes le dos !

Éternelle peur du rejet, je répète

–« Mon Dieu, faites que je trouve une affection fraternelle ».

–J'ai tellement besoin d'affection.

–Elle s'est montrée si chaleureuse par Skype. Il faut que je le lui dise :

–Paule, nous sommes des miraculées. Nous sommes issues des mêmes eaux, l'Adour, le gave d'Oloron, le Saleys et ses neuf affluents ont baigné nos imaginaires. Nous sommes nées d'une même source. J'ai été conçue à Salies de Béarn, là où surgit la fontaine salée. Je ne connais pas mon père, mais je connais exactement le miracle de mon irruption sur la terre.

●●

–Quel bonheur, Paule, je vais partager avec toi l'histoire de mes origines.

Ces quelques jours passés en Bretagne nous éclaboussent de notre ressemblance.

Je découvre un sentiment, de moi inconnu, la tendresse fraternelle. Deux chatons dans un même panier. Pas besoin de se parler.

D) 8 décembre 2017 : Quatrième confluence. Nous rendons grâce à Dieu !

Quelques temps plus tard, nous nous manquons déjà et tu m'invites à venir chez toi, à Tarbes.

La veille de mon arrivée, tu me proposes d'aller à Lourdes pour remercier « Celui qui existe ou qui n'existe pas ». Ta demande, une telle joie pour moi. Alors, pour toi aussi ces retrouvailles, ou plutôt ces trouvailles sont plus que magiques, elles sont du domaine du sacré ?

A Tarbes, le train siffle notre joie. Ma « Petite sœur », expression si douce à mon cœur, m'emmène à la grotte. J'ai toujours la crainte que cela ne fonctionne pas. Et pourtant ! Dès que je te vois, dès que je t'entends, j'ai besoin de prendre l'accent : « je suis de ta famille, Paule, tu vois, je parle comme toi ! « avé l'assant »

Tu en ris, mais moi, je ne pourrais pas te parler autrement. J'exulte. Je ne suis plus seule. Je crie ainsi, à la face du monde entier, que j'ai une famille, et que j'ai eu un père. Je parle comme mes ancêtres, preuve qui me relie à la dynastie des Picart de Saint- Jean- de- Marsac.

E) Juin 2020 : Cinquième confluence, ces ancêtres inattendus.

Ah, ma Paule ! Si tu savais ce qui nous arrive ! Figure-toi qu'un nouveau geyser a jailli sur notre route. Et que la biblique eau du Jourdain est venue enrichir nos gaves !

Voilà bien longtemps que nous n'avions pas eu de choses étonnantes dans notre vie, que ne s'était pas produit un évènement sortant de l'ordinaire, un fait inhabituel. Voilà bien longtemps que je n'avais pas été abasourdie et réjouie à la fois par une nouvelle totalement saugrenue. Voilà fort longtemps que je n'avais pas été confrontée à une situation abracadabrantesque.

Figure-toi, ma petite sœur, qu'en fouillant dans des papiers, je viens de retrouver une coupure de journal datant de 1996, qui m'avait été envoyée par Geneviève Picart, fille de Paul, notre oncle, et auquel, à l'époque, je n'avais pas porté grande attention. Depuis que tu as surgi dans ma vie, et que je nous observe, tellement proches, tellement semblables, tellement pareilles, je pense à cet article, et j'en suis profondément ébranlée.

Le document que j'ai exhumé raconte que les Picart, juifs chassés d'Espagne par Isabelle la catholique, se sont Picart, nom qui se termine par un T, et qui n'a rien à voir avec la Picardie serait une déformation d'un Bickert, nom d'origine juive.

–Accroche-toi, Petite, je te pose une devinette.

–Sais-tu pourquoi toi et moi avons les cheveux frisés ?

–Tu ne sais pas ?

–C'est parce que nous, les Picart avons du sang juif !

Tu te rends compte, Paule, nous sommes de race hébraïque, avec nos jolis cheveux bouclés ! Je compte sur cette nouvelle époustouflante pour que nous ne nous lâchions plus, et je te propose, ma soeurette que sans tarder, nous entreprenions des recherches. Que cette histoire familiale fasse l'objet d'un prochain livre que nous écrirons de concert ou de conserve.

Quelle expression choisirais-tu, toi l'avocate ?

●●

Main dans la main, veux-tu suivre avec moi la piste de nos aïeux israélites, qui ont vécu au XV -ème siècle ?

J'ai toujours envié les sœurs qui partageaient des moments forts. Paule, Paule, c'est à notre tour. Ensemble, en chantant à tue-tête « ai vist lo lop », cette chanson de notre pays que je t'apprendrai si tu ne la sais pas, d'un seul élan, courons vers ce but retrouver nos ancêtres. Hâtons-nous vers ce qui nous dépasse, vers ce qui nous rassemble, vers ce qui va nous transcender, nous sublimer, nous accomplir, et surtout réunir ces deux sœurs qui se sont retrouvées.

Chapitre 4

Alluvions

Arrêtée sur la berge, je scrute, je fouille dans ma mémoire, et je découvre de petits cailloux, des sables, des boues, charriés par le torrent de nos vies.

Tout à trac je retrouve des odeurs, des sons, des timbres de voix, des petits et grands bonheurs, des envies d'émotions fortes et des éclosions de coups de foudre. Précieux limons, vous tapissez le lit de nos rivières et serez là, présents, immuables et incontournables, de générations en générations.

A) 1951. Les senteurs de mon enfance : Les doryphores.

Pour se débarrasser des doryphores qui dévastaient ses champs de pommes de terre, notre institutrice, religieuse, occupait nos récréations en nous les faisant chasser. Puis, nous devions les écraser.

–Figure-toi que j'adorais cette activité !

–Non, Paule, ce n'est pas dégoûtant un doryphore.

Il est certain que ces petites bêtes sentent bien mauvais quand on les écrase, mais, elles sont tellement jolies avec leurs thorax ornés de fines rayures jaunes et noires, leurs bouilles ocres et leurs grands yeux noirs de madrilènes.

Quand nous avions terminé, et bien lavé nos mains, la sœur nous préparait un chocolat épais. Boisson divine pour moi qui ne connaissait que la chicorée au lait.

Pendant que nous dégustions, le plus lentement possible, pour prolonger le temps de pause, sœur Marie-Laure chantait nos louanges en nous complimentant de notre courage.

B) Septembre 2018. Convergences des voix.

Sais-tu Paule comment j'ai découvert la similitude du timbre de nos voix ?

Je faisais un petit discours à l'occasion d'un rallye où j'avais invité ta fille Sophie et sa meilleure copine.

A la fin de mon propos, elles se précipitent vers moi, bouleversées, frissonnantes : clamant qu'elles avaient cru entendre ta voix, Paule.

Alors, comme cela nos cordes vocales vibrent à l'unisson ! Clamons notre sororité !

C) Les yeux bleus et l'intransigeance : grand-père.

Le père de notre père, dénommé « lou bieuil Picart » (« le vieux Picart ») est dans mon souvenir, un très bel homme. Grand, aux yeux bleus, belle prestance, cheveux blonds, crêpus. Ses fils lui ressemblaient peu. Ils étaient « Pétrau » comme notre grand-mère.

Stupéfaction, en écrivant ces lignes, je réalise que Noémi et Émilie ont hérité du gène bleu de leur aïeul, et, peut-être pas seulement de cela. Un gène d'intransigeance morale s'est accroché au wagon chez Noémi, mais aussi chez Vincent.

Le communisme engagé de notre grand-père est de la même veine que le catholicisme rigoureux de Noémi, la pertinacité de Vincent, et ton goût pour la justice qui t'as fait choisir ta profession d'avocate. Pépé n'allait jamais à la messe, mais il envoyait ses enfants au catéchisme pour qu'ils apprennent la morale. Celui qui loupait le caté recevait une rouste.

D) 19 mars 1946 : ma vision de poisson rouge.

A ma naissance, La sage-femme constate que je ne vois pas clair. Roger sanglote. Il pleure facilement m'a-t-on toujours raconté. Tu confirmes, Paule ? Il pleure et se lamente en disant que le bon Dieu l'a puni en lui donnant une fille aveugle. Heureusement, en quelques jours, la vue me revient et tout semble rentrer dans l'ordre.

En réalité, si je ne suis pas aveugle, je suis atteinte d'un handicap qui m'empêche de reconnaître les visages. Cette maladie s'appelle la prosopagnosie.

Il a toujours fallu que je voie quelqu'un une dizaine de fois avant de le reconnaître, que ce soient mes copines, mes louveteaux ou mes patients. Compliqué pour moi de voir un film, une pièce de théâtre, car si un personnage quitte la scène, je ne sais pas qui est cette personne quand elle revient.

●●

En parlant avec ta fille Sophie, Paule, ta fille avec qui j'ai tant d'affinités, j'ai découvert, avec surprise, qu'elle souffre du même mal que moi ! et une conversation que je viens d'avoir avec Noémi me fait subodorer que Manech Allaire pourrait en avoir aussi quelques traces. Alluvion, alluvion...Si, tout comme moi, ma nièce et mon petit-fils ne reconnaissent personne, il ne s'agit pas d'un hasard, mais d'un fragment d'ADN qui comme le Tradéridéra nous a été repassé par Roger.

●●

Tu veux être fière, ma sœur ? Nous ne sommes pas seules à souffrir de ce mal, Brad Pitt et Thierry Lhermitte en sont aussi atteints. Cela n'empêche pas de réussir dans la vie ! Incroyable, Paule, ce petit galet, qui roule dans ma rivière et qui a resurgi chez ta fille Sophie, et chez mon petit-fils dont je me sens tellement proche.

Puisque nous parlons de ce handicap, je ne peux résister à l'envie de te raconter ma rencontre avec Jean-Baptiste, que non seulement j'ai aussi eu du mal à reconnaître, mais, pour qui, j'ai été frappée d'un de ces coups de foudre qui semble tapisser les lits des rivières Picart.

E) 17 mars 1971 : Coup de foudre.

Jour de mon anniversaire. J'ai 25 ans. Je reçois une carte de ma marraine, qui ne me fait pas un plaisir fou. « Bon Anniversaire,

Colette, et j'espère que tu fêteras joyeusement la sainte Catherine »

Il faut dire que dans ma famille, comme je n'allais pas au bal, on m'avait programmée pour être « moutchourdine », c'est-à-dire vieille fille. Destin que j'avais accepté.

Je suis aux sports d'hiver, à Serre-Chevalier, au Club Méditerranée. Bien qu'en fin d'études de médecine, et entourée de beaucoup de copains, je suis restée très prude.

Première soirée. Je discute avec quelques jeunes au bord de la piste de danse. Auparavant, je n'ai jamais dansé que des danses où l'on se trémousse. Du sans contact, quoi !

●●

Soudain, mon voisin de table du dîner me prend par la main et m'enlève. C'est ce que je ressens, en tout cas. Je n'en reviens pas. Quel culot a ce type !

Je ne sais pas faire un pas. Je m'accroche à son cou pour ne pas tomber. Je ferme les yeux pour ne pas voir ça.

Ouf ! il me ramène à ma place. Reprise de la discussion. Bonne nuit. Le lendemain, nous sommes dans le même cours de ski. Il est insupportable: il se met toujours derrière le moniteur.

●●

A la fin de la journée, je ne sais pas comment il se débrouille, mais nous avons perdu les autres. Il m'invite à prendre un verre dans une petite auberge.

Nous nous asseyons, puis toujours le même tic, Il s'empare de ma main que tout à coup il lâche pour essuyer mes lunettes. Il est quand même étrange ce garçon.

Douce chaleur, feu de bois qui crépite, délicieuse tarte aux myrtilles.il m'a conduite au Paradis.

Totalement abasourdie et choquée par sa familiarité, je ressens une sorte de tremblement, de frisson de bien-être. Sensations inconnues. Je ne suis plus sur terre, je suis au jardin d'Eden. Le lendemain, au cours de ski, je déchante. Ce n'est pas moi qu'il suit de près, mais le moniteur.

●●

Après le dîner du second jour, le lascar, ayant compris qu'il n'avait aucune chance côté entrechats, m'entraîne dans la salle de musique. Nous nous allongeons sur des coussins moelleux. Et il me reprend la main. C'est décidément une obsession chez lui !

Alors, je tombe de la lune, il me susurre qu'il aimerait aller plus loin avec moi.

Je lui réponds -alors qu'il ne s'est rien passé- cols roulés en place, pas le moindre bisou.

–Tu sais pour moi si nous nous engageons, c'est pour la vie.

–Mais oui, c'est pour la vie, me répond-t-il-sans une ombre d'hésitation.

Après avoir échangé nos groupes sanguins, nous décidons que nous convolerons dès que possible.

Ce qui fut dit fut fait. Six mois plus tard, le 3 septembre 1971.

Dis-moi, Paule, ce limon de coup de foudre, s'est-il déposé aussi dans ton gave ?

Chapitre 5

Notre père, notre source commune.

A) 1959 : Le vélo bleu.

Comme je t'ai plaint, ma Paule, le jour où tu m'as raconté l'histoire de notre père qui avait conservé ton vélo ! Je te laisserai conter cette ignominie.

Moi aussi, j'ai une sale histoire de vélo avec mon père. Voilà encore des mésaventures qui nous rapprochent, que nous pouvons partager comme des sœurs.

J'ai treize ans. Je passe mes vacances d'été à Capdeville, à Saint-Martin- de- Hinx, là où j'ai vécu de trois à cinq ans. Je suis avec un copain, Michel, fils de la meilleure amie de maman.

Tous les jours, voire deux fois par jour, nous allons à vélo à Capbreton. à vingt kilomètres. Tu te rends compte, Paule ! à Capbreton, là où tu m'emmèneras cinquante-sept ans plus tard ! là où tu achèteras une maison ! Là où, comme moi, tu t'enivres de la senteur des pins et du mugissement de la mer.

Michel a un beau vélo de course, moi, je pédale rageusement sur le vieux vélo de Vincent. Il n'est pas question que je me laisse dépasser.

Roger passe voir Julia, et m'apercevant me dit qu'il va me donner un vélo neuf et à ma taille. A la fin de l'été, je n'ai pas revu Roger, mais Josiane m'a montré le joli vélo bleu que lui avait donné tonton Roger.

B) 1954 : Mon second souvenir de notre père : la moto.

Tiens, voilà Roger, prévient Julia. Il est à moto.

Je sais que Roger est mon père, et pourtant cette annonce ne produit chez moi aucune émotion.

Roger entre par la « souillarde », cette pièce attenante à la cuisine où l'on fait la vaisselle et où l'on prend son petit déjeuner. Roger me fait la bise. C'est tout.

« Saï bewe ung cop (« vient boire un coup ») « dit Vincent à Roger.

Et les voilà qui boivent un petit verre de rouge. Je les regarde. Mon père me regarde : viens, Colette, on va faire un tour à moto, je t'amène à Capbreton.

Je n'ai pas du tout envie de partir sur une moto avec cet homme que je ne connais pas et qui me fait peur. Je me mets à pleurer, je ne veux pas y aller.

« Mais, c'est ton père quand même », me dit Julia. Je dois le suivre. Souvenir de mes bras qui font le tour de sa taille. La galerne souffle en rafale, et je déteste le vent. Aucune parole de sollicitude, pas le moindre mot d'apaisement. C'est cela un papa ?

Un jour, Paule, tu m'as dit, que tu craignais sa voix forte. Serait-ce pour cela que je ne l'appréciais pas ? Confluent de nos détestations.

C) Août 1952 : Le camion de patates.

Roger est passé nous prendre à Capdeville pour aller à la fête de Biarotte, le village d'à côté. Il nous conduit dans un grand camion. Nous sommes plusieurs enfants.

Après le repas et les danses, les moufflets sont alignés dans le camion, avec consigne de dormir sur les sacs de patates mis en tas sur le sol en guise de matelas.

Notre père, qui changeait de métier comme de chemise, a donc été livreur de pommes de terre. Tu le savais cela, ma Paule ?

Il me vient une idée ! Bientôt, nous allons jouer au jeu des métiers et chacune fera deviner à l'autre un job exercé par notre père.

Comme nous allons nous s'amuser ! Ce sera comme si nous avions retrouvé notre enfance; mais je te défends de me « gnaquer». Oui, tu as bien entendu, gnaquer ; tu ne crois quand même pas que je vais employer le mot mordre en parlant à ma petite sœur tarbaise !

Je ne sais pourquoi j'ai encore le souvenir si précis de cette odeur de pomme de terre, du bruit de la pluie qui tambourinait sur le toit et du sentiment de plénitude et de bien-être qui m'avait envahi.

Mon seul souvenir d'un papa.

Peut-être m'avait-t-il hissé dans ce camion avec le soin qu'il portait à ses pommes de terre.

Je sais qu'il était très soigneux dans son travail.

D) 1940 : Ce ru qui chante sous les feuilles.

Maman m'a raconté que notre père et elle fréquentaient les Croix de feu. Lorsque je te parle de cela, Paule, tu bondis !

Les Croix de feu ! Mais notre père n'a jamais tenu de discours d'extrême droite ! Ton sang ne fait qu'un tour. Odieux et fasciste en plus ?

Ne monte pas sur tes grands chevaux, Paule. Pour ce que je peux en savoir, ces deux-là n'avaient pas de conviction politique extrémiste. Comme beaucoup de Français de l'époque, ils admiraient Pétain, héros de la Grande Guerre.

Au sein de ce mouvement, maman devait apprécier les débats et les échanges intellectuels. Et notre père ? Que faisait -il là ?

Je sais qu'il chantait beaucoup.

Mais, je sais aussi qu'il présentait des troubles du langage. Maman me racontait qu'il disait « Cocolovaque » au lieu de Tchécoslovaque. Voilà, Paule que tu m'apprends que tu as le même problème.

Cela ne t'a pas empêché d'avoir un métier de parole. Quand j'affirme que rien n'est insurmontable.

Alors, avait-il -il du goût ou certaines aptitudes pour des choses intellectuelles dont nous aurions hérité ? Toi qui as parlé avec lui, qu'en penses-tu ? C'est toi seule, Paule, qui peut répondre à mon interrogation. Je te le demande instamment ; j'espère tellement de toi des réponses pour combler les mystères de ma vie.

Je n'ai comme seul souvenir de mon père qu'une vieille lampe à pétrole qu'il avait achetée dans une brocante et que maman avait gardée, je ne sais pourquoi. Je tiens beaucoup à cette lampe, elle me rassure. Peut- être ais-je quelque point commun avec cet obscure père inconnu qui fréquentait les brocantes.

E) Je ne ressemblerai pas à mon Papa.

Le fleuve qui rencontre un obstacle décrit un méandre pour l'éviter. Notre papa Roger m'a-t -on dit, savait contourner. Extrêmement doué de ses mains, il réussissait tout ce qu'il entreprenait.

Malheureusement fantasque, versatile, et instable, il abandonnait à la moindre difficulté, gâchant sa vie et ses multiples talents.

●●

Sans savoir que mon manque de suite dans les idées était génétiquement gravé dans mon histoire, j'ai eu la chance de prendre conscience de cette fâcheuse tendance. A l'âge de 16 ans, me surprenant à jeter l'éponge à la moindre difficulté, j'écrivais dans mon journal intime :« Je veux réussir ma vie et terrasser mes velléités... »

●●

Coup d'œil à nos descendants. Rien n'est écrit, si le torrent vous emmène, le nageur va où il veut.

Dieu soit loué, la volonté d'airain de ma grand-mère maternelle, m'a aussi été donnée en héritage. Je fis ma route en me serinant la devise que je m'étais choisie : « quand on veut, on peut ». Ce fameux journal que j'ai tenu à l'adolescence retrace comment, peu à peu, avec détermination, lucidité et rage de vaincre je me suis sculptée, ciselée, créée. Comme le fait un acteur de théâtre, j'ai bâti mon personnage, celui en compagnie de qui je voulais jouer la pièce de ma vie. Pas de père ? J'en ai trouvé un en moi. Il s'appelle Surmoi et m'a chevillé la joie au corps.

Chapitre 6

Ces galets ronds qui nous polissent.

A) 1947. Retour à Paris.

Au moment de sa séparation, Maman, qui travaillait à la Préfecture de Tarbes, a demandé sa mutation à la Préfecture de la Seine (qui deviendra la Préfecture de Paris).

On lui a attribué un logement 119 rue Saint Antoine, dans « l'îlot insalubre », destiné à être démoli. C'est l'après-guerre, c'est déjà beau d'avoir un abri.

L'organisation n'est pas facile. Quelques mois de garde par une nourrice à la maison, puis école maternelle ,mais je vomis tous les jours en y allant.

Maman demande à Julia et Vincent de me garder, ce qu'ils acceptent. Depuis ce temps, au fin fond de mon cœur chante l'accent landais et je suis sûre d'être aimée.

●●

Lorsque j'atteins 6 ans, maman vient me rechercher dans les Landes.

–Tu es grande maintenant, tu peux vivre à Paris.

–Nous prenons le train, puis le métro. Je ne suis pas très rassurée d'entendre tous ces bruits, de voir tout ce monde et d'être bousculée comme cela.

–Nous sommes arrivées me dit maman et elle me montre un grand portail noir. Quand je dis portail, cela ne ressemble à rien de ce que je connais.

Sa grosse valise à bouts de bras, maman me pousse dans un escalier sombre.

–Je n'y vois rien là-dedans.

Toujours aussi exubérante, je parle fort.

–Tais-toi, il y a des voisins.

–il y a des voisins ?

–oui,

–Je ne saisis pas cette information. D'habitude, je vois les voisins de l'autre côté de la cour. Là, je ne vois personne, des portes closes et c'est tout.

–encore plus fort et regardant de tous côtés, je braille

–et où ils sont les voisins iciiii. ?

Ce n'est que le lendemain que je j'intègre le concept d'immeuble. Un immeuble est un bâtiment où l'on habite, un lieu où l'on entend d'autres enfants marcher au- dessus de sa tête mais on ne les connait pas et ce ne sont pas des copains.

●●

Quelques jours plus tard, pendant qu'elle fait le ménage dans la chambre, maman me donne une banane.

Fruit -inconnu au bataillon-

Je sautille, je saute à cloche-pied en faisant le tour du lit et j'appuie tellement sur la peau que la banane gicle sur le lit. Alors, je lance un sonore merrrrrde !

Tatie m'avait bien recommandé d'être polie, alors, je me reprends, les joues rouges :

–Zut j'ai dit merrrde-e-e

–Meeerde-e-e, j'ai dit zut

●●

Après quelques jours, et ensuite durant toute mon enfance, maman et moi nous nous sommes entendues à merveille et avons partagé des instants intimes, moins physiques, moins câlins que ceux vécus avec Tatie Julia, plus intellectuels, mais combien chaleureux et complices.

Ensemble dans le même cocon, nous coucounions dans la cuisine.

Car dans ce misérable lieu noir sale et surtout très malodorant se tapissaient des êtres surnaturels qui me rendaient heureuse joyeuse, insouciante, et confiante en l'avenir. Complice, maman respectait les fées et la magicienne que j'étais qui transmutait tout ce qu'elle touchait. J'étais sûre qu'un coup de baguette pouvait faire disparaître n'importe quel chagrin. Cette confiance ne m'a jamais quittée.

●●

J'ai bien peur que les bobos qui maintenant ont investi L'immeuble en aient chassé les elfes qui se tapissaient là, joyeux et insouciants, en compagnie de mes fées.

Je dois toutefois avouer que quelquefois les magiciennes me faisaient faux bond. Lorsque le matin je me réveillais et que je me précipitais pour voir si mes pâtés avaient disparu de mon cahier, j'étais vraiment déçue. Pour ce genre d'actions, elles n'étaient pas à la hauteur.

●●

Les fées me donnaient des idées pour pallier aux conséquences de mes difficultés scolaires.

Quand la maitresse m'accrochait mon cahier dans le dos pour qu'en récréation mes compagnes voient les taches et les ratures que je produisais, et me fassent honte, une fée me conseillait de me tenir dos contre un mur. Pendant ce temps-là, pour que je n'écoute pas mes teignes de copines qui se moquaient de moi, elle me racontait de merveilleux contes et elle envoyait un gnome tirer la langue à l'institutrice. Qu'est-ce que je riais !

B) 1952-1956 : Le poulailler.

Tel le poussin couvé par sa mère nourricière, j'avais donc pris l'habitude de me pelotonner sur une chaise dans la cuisine, et d'attendre ma becquée de souvenirs.

Nous chantions tous les jours. Dotée d'une mémoire prodigieuse, maman me contait avec beaucoup de verve des tranches de vie, des aventures vécues par nos aïeuls dont elle était si fière. Simple passeuse d'histoires, semant les petits cailloux de mon passé, elle enracinait mon avenir. Elle me transmettait l'orgueil de descendre de ces gascons généreux et joyeux. À tue-tête en plein marais, nous faisions trembler les murs avec nos chants patois et nos fandangos.

●●

En veine de confidence, maman un jour me raconte que notre père, contrarié à la fin d'un repas, avait pris la nappe, l'avait tirée violemment et ivre de colère l'avait jetée à l'autre bout de la pièce, brisant la vaisselle. Histoire. Même pas peur ! Je savais que l'ogre est vulnérable, et la nuit, je rêvais que moi aussi je tirais des nappes, ou que je sonnais des cloches, que ça faisait un boucan d'enfer, et que je n'étais pas punie.

Contes thérapeutiques pour maman, psychanalytiques pour moi, qui ne voyais aucun méchant poulet dans notre basse-cour. Pourtant, j'ai longtemps craint les vilains coqs, jusqu'à ce que, comme je te l'ai relaté, je rencontre Chantecler, prince charmant du conte, qui a su me rassurer, et qui me protège de là-haut.

●●

C) Vie de famille.

Si je n'avais pas de père, j'avais une famille maternelle et une famille paternelle distinctes mais très présentes. La valeur famille était pour moi fondamentale et l'est toujours restée.

Tous les dimanches, Mémé, comme je la nommais, mère de maman, venait à la maison ajuster les vêtements qui m'étaient donnés. Je sens encore aujourd'hui ses mains tremblantes qui me touchaient la peau. Je les détestais. En fait, ma grand-mère était atteinte d'un « tremblement essentiel familial », très accentué. Maman aussi sera touchée ; moi, très peu et j'espère bien que ce gène ne sera pas transmis aux générations suivantes.

Quelquefois, nous allions chez ma tante, surnommée « Zizi » ce qui ferait bien rire maintenant que ce mot a pris une signification particulière.

●●

A Courbevoie nous faisions du spiritisme. Nous découpions des carrés de papiers sur lesquels nous écrivions toutes les lettres de l'alphabet, et nous les installions en cercle sur la table de la salle à manger, directement sur le bois. Au milieu, nous mettions un verre retourné et deux personnes face à face mettaient trois doigts sur le verre. Nous posions une question, et au bout d'un moment, nous sentions la sueur arriver et le verre se déplaçait d'une lettre à l'autre, formant des phrases quelquefois à une vitesse folle.

Nous étions une famille de médium dont je me sens faire partie intégrante. Ne le dis à personne, Paule, mais de temps en temps, dans l'exercice de mon métier, un esprit ou un diablotin guide ma main, pile sur la douleur, et je m'amuse intérieurement.

On m'a dit que Dédé, le frère de notre père, était appelé pour guérir les douleurs des zonas. Il portait les gens sur son dos et leur douleur se calmait. Celui qui ne croit pas à ces « sornettes », je lui titre la langue. Alors toi, Paule, as-tu des dons divinatoires ?

D) Guy.

L'as-tu connu, notre grand frère Guy ? Peut-être l'as-tu rencontré chez nos grands-parents où, contrairement à moi, il était accueilli à bras ouverts.

Guy, victime. Enfant non désiré, mal aimé de notre père, qui le jalousait, car il accaparait sa mère. Roger estimait que Béo devait s'occuper exclusivement de lui. Généreux avec ses copains, il ne l'était pas avec son fils qui n'avait pas le droit d'avoir un manteau, l'hiver. A Tarbes !

Je ne l'ai pas beaucoup connu, puisque peu de temps après mon retour à Paris, il est parti en Allemagne faire son service militaire. Malgré tout, il a été déterminant dans ma vie.

Lui non plus n'aimait pas l'école. Cela dit, on peut le comprendre. Il me racontait que son maître, Monsieur Lebas lui donnait des punitions sévères. Par exemple, il devait écrire 50 fois au futur la phrase « je ne me retournerai pas dans les rangs en me rendant au cours d'éducation physique, tu ne te retourneras pas …

A son arrivée à Paris, à 14 ans, il a dû travailler. Maman l'avait présenté chez un garagiste, puisqu'il connaissait le milieu. Il ne voulut pas de ce métier qui salissait les mains, Alors, il fût embauché chez un marchand de tissus en gros, les tissus « Marcel Blanc ». En peu de temps, il gravit les échelons et devint représentant de commerce, poste noble de la maison. Quand il rentrait le soir, il clamait :

– j'ai fait des affaires extraordinaires !

–Je suis plus juif que les juifs ! S'il avait su !!!

●●

Guy, avait aussi hérité de Céleste une grande générosité. Il laissait tomber de sa poche une pièce de monnaie, disant malicieusement : « tout ce qui tombe dans le fossé, c'est pour le soldat » et la petite fille que j'étais se précipitait, émerveillée pour ramasser cet or.

Lorsque j'étais étudiante Il m'a donné de quoi m'acheter une vieille 2CV avec laquelle j'ai vécu de bien belles aventures. Merci, mon Pauvre Guy, malade toute ta vie, tu m'as installée au sein d 'un arc-en- ciel. Tu fus mon Baloo, et tes tendres remontrances m'ont forgée, m'ont donné un désir effréné de réussir. Tu me manques toujours, mon grand frère.

••

J'étais sans soins, comme notre grand-mère Céleste. Alors Guy me faisait honte lorsque je rentrais de l'école, les mains et le visage constellés d'encre violette. « Tu ressembles aux marchandes des quatre- saisons « me reprochait-il. Tu es tatouée comme elles. Va te débarbouiller et ne reviens plus dans cet état : Il m'a inculqué, le respect de soi.

Les « marchandes des quatre saisons » faisaient partie de mon folklore. Marchandes ambulantes, elles alignaient leurs voitures à bras le long du trottoir de la rue Saint-Antoine et nous vendaient les fruits et les légumes tout frais qu'elles allaient chercher aux Halles.

Mon grand frère m'a surtout inoculé l'envie de réussir, et l'absolue horreur des travaux ménagers. Comme je rapportais de lamentables carnets de notes, il me faisait descendre de notre lugubre quatrième étage, me montrant notre hall d'entrée sale et nauséabond, en me prévenant : « tu laveras les murs quand tu seras grande si tu continues à travailler aussi mal.

Si bien qu'un jour, alors que, après avoir redoublé ma sixième, j'étais en passe de redoubler ma quatrième, j'ai pris peur et j'ai résolu de m'y mettre, déclarant à ma mère que je serai médecin car je ne voulais pas laver les murs.

Comme je m'amuse, ma Paule, quand je te vois torchonner : tu n'as pas eu un tel grand-frère, toi. Et, tu torchonnes, et tu torchonnes…

••

Ensuite, Guy me fit prendre conscience de l'importance de prendre soin de son aspect physique. « Quand tu seras grande, tu seras une petite Céleste »,
me taquinait-il.

Tu vois, Paule, toi tu me dis, avec une certaine fierté, que tu ressembles à notre grand-mère, sans doute parles-tu de son visage fin et avenant. Moi, je ne voulais surtout pas lui ressembler. Sa petite taille, son gros ventre et ses cheveux qui pendouillaient sur les épaules me faisaient horreur.

Alors, en seconde, un jour je décidai de maigrir pour échapper à ma destinée de ressemblance. Oui, mais pas n'importe comment. A la manière de Colette, c'est-à-dire avec méthode.

–Bon, me dis-je, il me faut faire un vrai régime.

–Analysons la situation.

–de quoi suis-je incapable de me passer ?

–Je ne peux me passer ni de poires, ni de Carambars.

Je décidai donc que ce seraient mes seuls aliments jusqu'à ce que mon poids soit devenu idéal. Je refusai toute autre nourriture. Je perdis douze kilos, mais un jour, en plein cours de sport, je m'effondrai en pleurs. Prévenue de l'incident, et en ayant compris la raison, mon énergique mère m'envoya chez Julia et Vincent en me disant :« tu reviendras quand tu seras calmée et que tu mangeras normalement ».

Tout de même un peu inquiète quant à mon avenir scolaire, je partis pour les Landes où je fus accueillie avec bonheur par mes « parents nourriciers » à qui je déclarai avec aplomb que je ne pouvais manger que des écureuils et des compotes de pommes. Sale gosse !

Alors, tous les jours mon tonton Vincent partait à la chasse. Il essayait de tuer deux écureuils avec la même cartouche, par économie et par fierté.

Cela t'étonne, Paule car tu es plus jeune que moi, et sans doute n'as-tu pas connu ce temps béni où le landais trouvait dans la forêt de quoi se régaler. Dans les pins, les écureuils par dizaines attendaient les chasseurs et, au pied des arbres, les cèpes aussitôt ramassés étaient roulés dans une omelette bien baveuse.

Chapitre 7

De la nature de l'eau

A) 1946-1956. Froideur de l'eau de mon cours d'eau.

Éternel amoureux, Roger n'avait, semble-t-il, pas de tendresse dans sa besace.

Notre père ne fût pas câlin avec moi. Je n'ai pas le souvenir d'un seul mot d'affection, d'une seule lettre, d'une seule caresse de sa part.

La seule photo que j'aie de lui avec moi a été prise chez nos grands-parents. Je dois avoir 3 ans. Il est accroupi, un enfant de mon âge- que je n'identifie pas- sur un genou. Je suis à côté. Qui devinerait que nous avons un lien de parenté ?

Le passé façonne l'avenir, dit-on. Cette indifférence de mon père envers moi éclaire ma difficulté à exprimer certaines de mes émotions. Maladroite à gérer un dialogue, il peut m'arriver de prononcer des paroles inadaptées, d'exploser, comme un coup de grisou, et même de commettre des actes inappropriés.

Seul le tendre mineur rencontré dans la montagne, son
chariot empli de houille d'amour et de douces paroles
parvenait à apaiser mon cœur.

Paule, tu m'as révélé que notre père n'avait pas été plus affectueux avec toi qu'il ne l'avait été avec Guy, et à fortiori avec moi. Et tu m'as confié que tu ne l'avais jamais appelé papa.

Les limons de son gave continuent à charrier l'indifférence. Mon esprit éclairé est maintenant apaisé, d'autant que la fraternelle tendresse que tu me témoignes est onguent qui, peu à peu panse mes plaies.

B) 2005-2016 : Turbulences et remous de nos gaves.

Petit frère de notre père, Dédé fut le seul à me parler de toi. Il me disait qu'il te trouvait bien mignonne quand tu étais « pitchoune » et que tu étais devenue avocate. Précieuse information qui comme je te l'ai dit nous a permis de nous retrouver. Il me racontait aussi que notre père, était son préféré, qu'il était très gentil, sensible, qu'il avait facilement la larme à l'œil, mais qu'il était aussi capable de colères terribles et de rancunes durables. Alors qu'il n'avait pas été invité au dîner de mariage de sa petite nièce, Patricia, il a renvoyé le faire-part déchiré et n'a plus revu son frère. Je comprends aujourd'hui pourquoi, alors que je suis généralement paisible, une terrible colère peut jaillir des tréfonds de mon inconscient et, tel un incendie dévastateur, m'embraser et me pousser à commettre des actes incompréhensibles, même de moi et totalement fous. Et toi, Paule, as-tu aussi hérité des colères et des rancunes de notre père ?

C) Été 1999 : Le torrent déchainé, frissons d'abandon.

L'été qui suit le décès de notre père, écrasé par une voiture, je rends visite à Dédé.

Il m'apprend que ses frères, ainsi que toi, Paule, ma sœur, ont reçu de l'argent pour le préjudice subi. J'ai envie de hurler ! et moi ?

Alors un psaume retentit.

« Toi, tu seras abandonnée de ta naissance jusqu'à ta mort. Amen ! L'euro symbolique ne te sera pas accordé.

Amen ! Réjouis-toi, Colette, tu n'es plus abandonnée puisque tu n'existes même pas. Amen ! Amen ! Amen !

Après le psaume, j'aurais dû aller me confesser, car j'ai été prise d'une haine terrible pour toi, ma Paule, ma demi-sœur que je savais avocate et qui avait permis qu'une fois de plus, je sois laissée seule sur la route. La suite, Alléluia ! a fait que je t'ai recherchée, trouvée, adorée.

Chapitre 8

C'était au XX-ème siècle

A) Les Écoles.

Une des premières choses que tu m'as racontée, Paule, sont tes souvenirs d'école. Notre père déménageait tellement souvent que tu pouvais fréquenter trois écoles dans la même année, si bien que tu ne savais plus où tu en étais. Conséquence, tu exécrais la vie scolaire. Encore un point commun, comme moi, tu y a été longtemps.

●●

Juin1950 -Juin 1951. École maternelle.

Maman m'a inscrit à l'école maternelle non loin de la maison. Tous les matins je vomis. C'est trop difficile pour moi. Alors, Maman demande à Julia et Vincent de me garder, au bon air landais, ce qu'ils acceptent.

●●

1951-1952 Lors de mon arrivée chez Julia, j'habite d'abord au chalet Marie-Louise, à Sainte-Marie-de Gosse » puis à saint-Martin de Hinx, près de « l'école des sœurs ».

J'ai 4 ans et demie et je suis de plus en plus turbulente. Julia connaît bien les bonnes sœurs de l'école catholique, car elle rempaille les chaises de l'église. Un jour elle leur demande si elles pourraient m'inscrire à l'école, malgré mon jeune âge. Comprenant l'embarras de Julia, la Fille de la Charité, avec sa grande cornette accepte.

Le premier Octobre, me voilà donc propulsée dans une grande salle, qui regroupe les élèves du Cour Préparatoire au Certificat d'Études. La sœur m'installe au premier banc, à côté de Marie

Lassalle, et de Monique Bédère, les 2 élèves du Cours Préparatoire, dont c'était aussi le premier jour de classe.

●●

La sœur remet aux élèves « officielles » un joli livre avec des images et des mots. A moi, elle donne une boite de pions, et nous recevons toutes les trois un cahier et des crayons de couleurs. Je reçois la consigne de dessiner.

–Tu parles ! J'ai vite fait de bâcler mon bonhomme ! Le dessin n'est pas mon fort. Je ne veux pas non plus toucher aux pions. D'ailleurs, je ne sais pas à quoi cela peut servir, je n'ai jamais joué à des jeux de société.

– Ma sœur ! ma sœur ! (C'est ainsi que nous interpellions les religieuses) , moi aussi j'ai besoin d'un joli livre !

●●

–Tais-toi, Colette. Ici, on ne parle pas. Je t'en donne un, mais tu dois te taire.

Alors, j'écoute et je regarde « les grandes », et puis, j'aide aussi. Je suis chargée d'accompagner une élève pour aller chercher une carte de Géographie.

Voilà qui est intéressant ! La sœur montre une grande image sur laquelle est dessinée la France, avec des traits bleus qui représentent les rivières.

Après, il y a la récré ! Je joue avec Marie, la fille du tailleur. Une vraie amie, Marie. Elle me sera bien utile le lendemain, quand, en arrivant à l'école, je m'aperçois que je n'ai pas mis ma culotte ! Elle me prend par la main, et en courant, mortes de rire, nous faisons un aller- retour. Les étourderies émailleront ma vie. Je n'en guérirai jamais, et je transmettrai le gène au moins à l'un de mes petits-enfants.

●●

Tous les vendredis, le curé vient donner une leçon de catéchisme à mes copines de CP. Je suis intéressée. Il leur raconte l'histoire de Jésus et leur fait répéter des questions et des réponses qu'elles doivent savoir par cœur.

–Qu'est-ce qu'un mystère ?

–Un mystère est une vérité révélée que nous ne pouvons pas comprendre.

–C'est vrai que je n'y comprends rien.

Peu à peu, à bas bruits, j'apprends à lire. Un jour, fin avril, le curé annonce à Marie et Monique qu'elles vont faire leur première communion. Je reste stoïque. La cloche sonne. Je sors de la classe en trombe, et je cours chez Tatie. Dès que je la vois, je hurle, je trépigne :

–je veux fai-ai reee ma preumiè reu communioon avé lè otres .

–É bé, va le diiire au curé.

●●

Le presbytère est à deux pas ; j'y cours.

●●

La sonnette est bien haute pour moi. Mais, sur la pointe des pieds, je carillonne.

Le curé sort et se penche vers moi :

–Bonjour, Que veux-tu petite ?

–je veux fai-ai reee ma preumiè reu communioon avé lè otres .

–Ta première communion ? Mais tu es trop petite !

–Je suis pe-ti-te , mais je suis « sa vane te, et j'enchaine :

« Qu'est-ce qu'un mystère ? et, à toute allure, je dévide la suite … Arrête-toi ! arrête-toi ; tu vas la faire, d'accord, d'accord !

Sans dire merci, je file, en battant des mains. Tatie, Tatie, écris à maman. Il faut qu'elle vienne vite, vite…

B) 1951-1958: La concierge.

Les grandes sœurs racontent des histoires à leurs cadettes. Alors, Paule, je profite de l'occasion pour te rapporter une histoire que j'ai vécue lorsque j'avais huit ans.

J'oubliais souvent mes clefs, et je devais aller les chercher chez la concierge. Le vocabulaire a changé depuis 1955. Maintenant nous avons des gardiennes avant nous avions des concierges,

Notre concierge s'appelait Madame Bernard. C'était une très petite dame décharnée, au nez rouge et pelé, aux pommettes violacées, toujours vêtue d'une robe noire, reprisée sale et malodorante. Comment te donner une idée de l'odeur de la loge ? Mélange d'urine, de bouillon de légumes, de camembert. Elle devait adorer le camembert. Cette odeur variait en fonction de la saison selon la nature des fruits qui pourrissaient.

●●

Les locataires avaient pitié de cette femme dont le salaire devait être bien faible. Alors chacun lui donnait qui un bol de soupe, qui une tranche de jambon, qui un morceau de fromage qu'elle semblait tant aimer. Nous étions un peu rassurés car nous savions qu'elle était aussi prise en charge par la mairie et la paroisse.

Un jour, nous apprenons que Madame Bernard a rendu l'âme et que l'on a trouvé dans son matelas éventré des liasses de billets attachés avec des épingles à nourrice. Pour des dizaines de milliers de francs.

Maman en profita pour m'expliquer l'expression « l'habit ne fait pas le moine, et Madame Bernard fut remplacée par une autre concierge bien proprette.

C) 1958 : Le ruban noir.

Je fais du scoutisme, chez les « Guides de France ». Un jour, une fillette de mon équipe arrive, un ruban noir cousu sur son pull d'uniforme. A cette époque, l'usage voulait qu'une enfant qui perdait son père porte pendant un an un ruban noir sur ses habits. Cet horrible signe de distinction nous fait peur, et nous n'arrivons pas à la consoler ni d'ailleurs à lui manifester le moindre signe de sympathie. La cheftaine nous conduit à l'oratoire et nous fait prier pour elle.

●●

Pendant la prière, au lieu de prier, je me parle dans ma tête. Je réfléchis, et, comme je le ferai toute ma vie, je cherche le bon côté. Je conclus que, moi, j'ai de la chance. Comme je n'ai pas de père, je ne porterai jamais cet horrible truc. Je me réjouis. Je ne serai jamais ainsi désignée à la vue de tous puisque je ne perdrai jamais mon père.

Tra la la, je n'en n'ai pas !. Et comme je déteste être triste, cette bonne nouvelle me rend gaie. Je chante le dernier psaume avec entrain.

Épilogue

Voilà, ma Paule, voilà tout ce que j'ai réussi à extraire de ma mémoire. Les quelques souvenirs de mon enfance où apparaissent notre père, son ombre ou son fantôme ont été grâce à toi extirpés des abysses de mon inconscient.

Désormais lucides, apaisées, sereines et inséparables, marchons vers l'avenir.

Trouvons le temps d'expérimenter la confluence dans toutes ses acceptions.

Dans ce siècle magique de la communication virtuelle, Trouvons le temps, avec les nôtres, rejoignons-nous, réunissons-nous, fusionnons, transmettons à ceux qui le veulent.

Aucune histoire n'est anodine. Je t'en ai raconté là quelques-unes, mais j'en ai d'autres au fond du cœur. Je rêve du jour où, sur la plage de Capbreton, ou ailleurs, avec ton accent qui m'émeut tellement, nous continuerons notre fraternel bavardage.

Adisshatz !

Qu'ei à parti !

Que t'aimi !

Table des matières

Printed in France by Amazon
Brétigny-sur-Orge, FR

14613949R00030